Zoulouland

T. 8 : LA REVANCHE DU PRINCE

Scénario et dessins : Georges Ramaïoli

Couleurs : Brissaud - Chagnaud

ALLEZ DUC D'ARGYLL! ON VA LUI RENDRE VISITE!... IL SERA CONTENT DE TE VOIR!!

Y-A PAS! IL T'A BIEN RAFISTOLÉ CE SACRÉ GAMIN!!

INTERDICTION DE LE BOUGER JOHN! IL EST TRÈS FIÉVREUX EN CE MOMENT!

BOUSE! NE FAITES PAS VOTRE CERBÈRE MARGARETTA, JE VOULAIS LUI MONTRER DUC D'ARGYLL!

ALORS GAMIN, ÇA VA PAS?!.

NE LE FATIGUEZ PAS!!

AH JOHN! VOUS ÊTES LÀ! HEUREUSEMENT!!. JE N'EN PEUX PLUS DE CETTE IMMOBILITÉ.. AU MOINS, RACONTEZ-MOI LA SUITE DE L'HISTOIRE DE SHA-KA!!

OUI... OUI... OK! DU CALME!!

..OÙ EN ÉTAIS-JE?!.. AH OUI!! AU VILLAGE DES ÉLANGÉNIS!! À PEINE SHAKA SE RÉFUGIAIT PRÈS DE SON GRAND-PÈRE BEHBMÉ, QU'IL CONNAISSAIT SI PEU.. QUE LES ZOULOUS LE LUI ENLEVAIENT EN LUI FRACASSANT LE CRÂNE... IL NE LUI RESTAIT QUE LA PROTECTION DE DEUX FEMMES, SES MÈRE ET GRAND-MÈRE..

CETTE AGRESSION DES ZOULOUS, NOUS PLACE DANS UNE SITUATION DE QUASI-GUERRE...

...DANS CES CONDITIONS, JE NE VAIS PAS VOUS CHASSER... VOUS CONSERVEREZ LA CASE DE BEHBMÉ, MAIS QUI VOUS NOURRIRA?!

SHAKA SERA L'HOMME DE CE FOYER, MAKEDA-MA!!

MAIS C'EST UN ENFANT, ET IL RESTE MENACÉ!

SHAKA EST DÉJÀ PUISSANT, IL SERA NOTRE FORCE!

BAH!! POURVU QUE TOUT CELA N'APPORTE PAS PLUS DE DRAMES!

MERCI BABA!!

4

ALORS QUE LE VILLAGE DES ÉLANGÉNIS SE PRÉPARAIT À LA GUERRE, ET SE BARRICADAIT CONTRE UN ÉVENTUEL ASSAUT... CHEZ LES ZOULOUS, LE CLIMAT BELLIQUEUX RETOMBAIT ET LA COLÈRE DU ROI SENZANGAKHONA CHANGEAIT DE DIRECTION....

MAIS, KHOSI !.. TU NOUS AS DIT DE TUER TOUS CEUX QUI S'OPPO-SERAIENT À NOUS !!!

TU NE VAS PAS FAIRE UNE GUERRE POUR CETTE PUTAIN, FOUETOU ! ELLE EST PARTIE AVEC SON BATARD TANT MIEUX ! N'EN PARLONS PLUS !!!

TU NE T'ES QUE TROP MÊLÉE DE POLITIQUE, M'KABAYI !! ÇA SUFFIT !! FAITES AVANCER N'GAZI !!

TU T'ÉTAIS PLACÉ DE GARDE... POUR LES FAIRE FUIR !!.. TU M'AS TRAHI, TOI, MON INDUNA, MON FRÈRE !!

TU VOULAIS LES FAIRE TUER... CE N'ÉTAIT PAS HONO-RABLE KHOSI !!

3

HONORABLE ?!...
QUE SAIS-TU DE
MON HONNEUR,
N'GAZI ?!..

C'EST TOI QUI JUGE DE
MON HONNEUR, EN AIDANT
CETTE CATIN ?!.. TOI,
MON AMI QUI MÉPRISE
MES ORDRES ?!..

LÂCHEZ
-LE, VOUS
AUTRES !!

WA!!

VOILÀ CE QUI
ATTEND TOUS
CEUX QUI FERONT
FI DE MON
HONNEUR
!!..

IL N'Y AURA PAS DE
GUERRE AVEC LES ÉLAN-
GÉNIS !! DÉSORMAIS,
LA PUTAIN ET SON
FILS N'EXISTENT
PLUS !!

OH, DIT AUSSI QU'IL A TUÉ SON INDUNA ET QU'IL RENONCE À LA GUER-RE !

PAUVRE N'GAZI !! NOUS AVOIR AIDÉ LUI A COÛTÉ LA VIE !!

UN DRAME DE PLUS NANDI !

PÈRE NE POUVAIT AGIR AUTREMENT... EN N'HÉSITANT PAS À TUER SON MEILLEUR AMI, IL EMPÊCHE TOUTE RAILLE-RIE !

SHAKA A UNE VUE JUSTE DES CHOSES... S'ÉCARTE ENFIN... LA MENACE DE NOUS ...

DANS CES CONDITIONS, VOTRE DÉPART N'EST PLUS SOUHAITÉ... ET SI SHAKA EST ENCORE UN PEU JEUNE POUR ASSUMER SON RÔLE D'HOMME, NOUS VOUS AIDERONS !!

MERCI, TU ES BON MAKEDAMA KHOSI !!

L'ADOLESCENCE DE SHAKA AURAIT PU ÊTRE ENFIN PAISIBLE...

7

MAIS LA NATURE HUMAINE EST TELLE QUE LA MOINDRE DIFFÉRENCE EST FERMENT DE HAINE...

ET POUR SON MALHEUR, SHAKA ÉTAIT ÉLANGÉNI POUR LES ZOULOUS, ET ZOULOU POUR LES ÉLANGÉNIS...

FILS DE PUTAIN !!...

QU'EST-CE QUE VOUS VOULEZ ?!... FOUTEZ-MOI LA PAIX !!...

RETOUR-NE CHEZ LES TIENS, ZOULOU !!

...ET AVEC TA PUTE DE MÈRE !!

ZOULOU ! ZOULOU !

FILS DE PUTE !

ATTEN-TION, DJOGO !

8

TAC !

TCHAK !

Djiiii !!

POK

MAIS SAISIS-
-SEZ-LE !!...

BANDE DE
BONS À
RIEN !!

TOUS
DESSUS !!

LAISSEZ-LE
MOI !

MEEE!

SHAKA ! MON PAUVRE ENFANT !..

QUEL AVENIR A-T-IL, MAKEDAMA ?! S'IL EST AINSI REJETÉ PAR TOUS !!.

JE T'AVOUE QUE LA PRÉSENCE DE TA FILLE ET DE SES ENFANTS NOUS EST D'UNE GRANDE PERTURBATION, QUE JE N'AVAIS PAS PRÉVUE ....

TU NE PEUX LES LAISSER AU BAN DE NOTRE SOCIÉTÉ .... PARLE AUX PARENTS DE CES ENFANTS, ILS T'ÉCOUTERONT !..

OUI, N'AIE CRAINTE... AVEC LE TEMPS, ILS S'HABITUERONT À SHAKA... AVEZ, VA SOIGNER TON PETIT FILS !..

ILS L'ONT ROUÉ DE COUPS ...PARTOUT ...ILS LUI ONT CASSÉ LE NEZ, MÈRE !!

HÉLAS, MAKEDAMA SE TROMPAIT, ET LES REMONTRANCES DE LEURS PARENTS ATTISÈRENT ENCORE PLUS LA HAINE DES ENFANTS ÉLANGÉNIS ENVERS SHAKA ET LES SIENS...

ZOULOU !

ZOULOU !

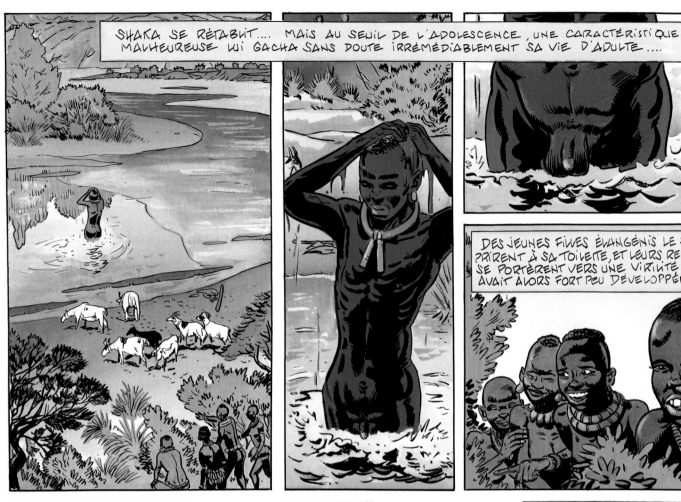

SHAKA SE RÉTABLIT.... MAIS AU SEUIL DE L'ADOLESCENCE, UNE CARACTÉRISTIQUE MALHEUREUSE WI GACHA SANS DOUTE IRRÉMÉDIABLEMENT SA VIE D'ADULTE....

DES JEUNES FILLES ÉVANGÉNIS LE SUR-PRIRENT À SA TOILETTE, ET LEURS REGARDS SE PORTÈRENT VERS UNE VIRILITÉ QU'IL AVAIT ALORS FORT PEU DÉVELOPPÉE...

HA HA !! VOUS BLAGUEZ JOHN !! SHAKA, LE GRAND SHAKA, LA TERREUR DU CONTINENT AVAIT UN PETIT ENGIN !!

NE RIGOLE PAS... TU SAIS BIEN QU'UN SEXE TREMPÉ DANS L'EAU GLACÉE RÉTRÉCIT ÉNORMÉMENT, ET PUIS, LA TAILLE N'A RIEN À VOIR AVEC LES CAPACITÉS SEXUELLES... MAIS, FABLES OU RACONTARS MALVEILLANTS, TOUJOURS EST-IL QUE CETTE RUMEUR FRAPPANT SA SENSIBILITÉ EXACERBÉE DÉTERMINA SON FUTUR COMPORTEMENT....

Hi! Hi!

HiHi!!

TIENS ?! VOILÀ PETITE BITE !!

HÉ !! SHAKA PETITE BITE !

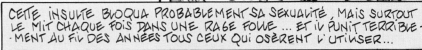

CETTE INSULTE BLOQUA PROBABLEMENT SA SEXUALITÉ, MAIS SURTOUT LE MIT CHAQUE FOIS DANS UNE RAGE FOLLE ... ET IL PUNIT TERRIBLE-MENT AU FIL DES ANNÉES TOUS CEUX QUI OSÈRENT L'UTILISER...

MAIS, ARRÊTEZ-LE !!

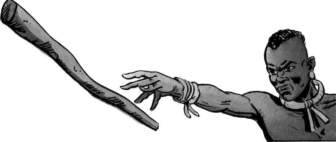

13

ASSEZ !.. ASSEZ !..

MAIS, EMPÊCHEZ-LE !.. IL VA LE TUER !!

SAISISSEZ-LE !!

ASSEZ SHAKA ! ARRÊTE !

TU DEVIENS DANGEREUX SHAKA !.. ÇA NE PEUT PLUS DURER COMME ÇA !!

12

NON ! MAKEDAMA !!

SHAKA N'EST PAS RESPONSABLE !! N'EST-IL PAS NORMAL QU'IL SE DÉFENDE, DES INSULTES ET DES ATTAQUES ?!

IL S'EST BATTU AVEC SES MAINS ALORS QUE L'AUTRE L'AVAIT ROUÉ DE COUPS DE BÂTON !!

CHAQUE FOIS QU'IL Y A UN INCIDENT DANS LE VILLAGE TON PETIT-FILS EST AU MILIEU !

IL N'EN EST PAS RESPONSABLE... SI ON NE LE PROVOQUAIT PAS IL SERAIT DOUX COMME UN AGNEAU !!

UN AGNEAU !! NON MAIS TU AS VU SES YEUX ?! REGARDE-LE ! IL A LA DOUCEUR D'UN RAPACE DÉCHIRANT SA PROIE !!

C'EST TA DERNIÈRE CHANCE, SHAKA ! JE NE VEUX PLUS D'INCIDENT !

13

15

MAIS QUI POUVAIT ESPÉRER QUE LA SITUATION S'ARRANGEAT ?!... AUSSI, À L'ÉTÉ AUSTRAL SUIVANT, ALORS QUE LA MOISSON TOUCHAIT À SA FIN... SHAKA ET LES SIENS FAUCHAIENT LEUR BOUT DE CHAMP...

DZOGO, LE GARÇON ROSSÉ, QUI VOUAIT DEPUIS À SHAKA UNE HAINE INEXTINGIBLE, REVINT À LA CHARGE...

HÉ! LA PUTAIN ZOULOUE!! VIENS T'OCCUPER DE MON TRONC D'ARBRE, IL EST PLUS IMPOSANT QUE LE BRIN D'HERBE QUE TON BÂTARD A ENTRE LES JAMBES !!...

PETITE BITE !!

PETITE BITE !!

SHAKA! LAISSE LES DIRE !!

HI HI !! IL ARRIVE !!

LE FEU !... ILS ONT MIS LE FEU À LA MEULE !...

PLUS VITE ! IL GAGNE SUR NOUS !!

JETTE DE LA TERRE DESSUS OU NOUS SOMMES RUINÉES !!

SÉPARONS-NOUS !!

?!

DONNE-MOI TES ARMES ! VITE!

DZOGO! MON FILS!.. LE ZOULOU A VOUW TUER MON DZOGO! IL FAUT L'EMPÊ- CHER DE NUIRE !!

ABATTEZ- LE !!

NON!

ARRÊTEZ !! JE NE VEUX PLUS DE VIOLENCES !

TON DZOGO! A BRÛLÉ NOS RÉCOLTES !!

..IL A FRAPPÉ POUR TUER !!

LE ZOULOU A VERSÉ LE SANG D'UN ÉVANGENI !!

TOUT NOTRE BLÉ A BRÛLÉ! NOUS N'AVONS PLUS RIEN !..

SHAKA DOIT-IL RESTER SANS RÉACTIONS DEVANT LES INSULTES ET LES SPOLIA-TIONS ?!..

CELA A ATTEINT UN TROP HAUT POINT DE HAINE... NANDI! TU DOIS PARTIR AVEC TES ENFANTS !!

MAIS MAKEDAMA, POUR ALLER OÙ ?! COMMENT VIVRONS-NOUS ?!

SI C'EN EST AINSI JE PARS MOI AUSSI KHOSI !!

JE DOIS VEILLER À LA SÉRÉNITÉ DE CE VILLAGE. J'EN SUIS DÉSOLÉ POUR VOUS !!

L'ANCIEN FIANCÉ DE NANDI, GENDEYANA EST ALLÉ VIVRE DANS LA COMMUNAUTÉ MTHETHWA DU ROI DINGISWAYO ...IL EST RESTÉ CÉLIBATAIRE... IL VOUS ACCUEILLERA À BRAS OUVERTS ..

ET COMMENT SUBSISTERONS-NOUS LORS DE CE LONG VOYAGE ?!.. NOUS N'AVONS PLUS QUE DU GRAIN BRÛLÉ EN GUISE DE PROVISIONS !!

LES FAMILLES DES RESPONSABLES DU FEU VOUS FOURNI-RONT EN VIVRES ET BÉTAIL POUR VOUS INDEMNI-SER !!

19

...LES FAMILLES PAYÈRENT DE MAUVAIS GRÉ, QUELQUES MESURES DE GRAINS ET QUELQUES VACHES...

...PUIS SHAKA ET LES SIENS QUITTÈRENT LE KRAAL AU GRAND SOULAGEMENT DES ÉLANGÉNIS...

REPOSEZ-VOUS! JE MONTE LA GARDE !!...

DEBOUT! VITE!

"ILS" VONT NOUS ATTAQUER!! IL FAUT SE CA- CHER... EN SILENCE!

ILS SE SONT ENFUIS

PRENEZ LE TROU- PEAU!

PAS DE "PETITE BITE"!! DOMMAGE!! JE LA LUI AU- RAIS COUPÉ BIEN VOLON- TIERS!!

TAIS- TOI! IDIOT!

CE SONT DES ÉVAN- GENIS!!

ILS N'ONT PAS ACCEPTÉ... ILS SONT VENUS REPRENDRE LEURS BÊTES

ET VOLER LES NÔTRES!! IL FAUT ALLER SE PLAINDRE À MAKÉDA- MA!

ILS NOUS TUERAIENT AVANT QUE NOUS AYIONS ACCÈS AU VILLAGE... NON!!

QUE VEUX-TU FAIRE, SHAKA, SANS BÉTAIL HI PROVISIONS ?!

NOUS EN TENIR À CE QUE NOUS AVIONS PRÉVU !!

REJOINDRE GENDEYANA ! ENSUITE, JE REVIENDRAI ME VENGER !

MAIS SHAKA ?! MÈRE EST VIEILLE... ELLE NE SUPPORTERA PAS UN TEL VOYAGE SANS...

NE T'OCCUPE PAS DE MOI, NANDI ! J'AI ENCORE DES FORCES !!... ÉCOUTE SHAKA ! ALLONS NOUS PLACER SOUS LA PROTECTION DES MTHETHWAS !!

PARTONS ! NE TARDONS PAS ! NOUS NE SOMMES PAS EN SÉCURITÉ ICI !!

SHAKA ET LES SIENS ENTAMÈRENT UNE LONGUE MARCHE CRAINTIVE À TRAVERS UN PAYS EXTRÊMEMENT VALLONÉ ET HOSTILE...

...PUIS, ULTIME ÉPREUVE.... AVANT DE REJOINDRE LA COMMUNAUTÉ MTHETWA... UN VELD QUASI DÉSERTIQUE SANS LE MOINDRE PUITS...

GRAND-MÈRE !!

20

MÈRE ! MÈRE !

GRAND-MÈRE !!

ELLE EST MORTE ! ÉPUISÉE

ELLE N'A PAS DIT UNE PAROLE... PAS UNE PLAINTE !!!

JE TE VENGERAI GRAND-MÈRE !! JE LE JURE !!

SOUS UN SOLEIL DE PLOMB, ILS TRAVERSÈRENT DÉSERT ET FORÊTS D'ÉPINEUX .... FINALEMENT, À BOUT DE FORCES....

CES GENS VIENNENT POUR TOI GENDEYA-NA !!

NANDI !!

ET VOILÀ SHAKA ! UN HOMME DÉJÀ !!...

VENEZ VOUS REPOSER... DEMAIN NOUS DEMANDERONS AUDIENCE À DINGISWAYO !!

NANDI SE RÉFUGIAIT DANS LES BRAS DE CELUI QU'ELLE AVAIT REJETÉ PRÈS DE QUINZE ANS PLUS TÔT... POUR LA PREMIÈRE FOIS, SHAKA TROUVAIT UN HAVRE DE PAIX !!

QUI ÉTAIENT DINGISWAYO ET LES MTHETHWAS ?!....

SI SHAKA A PU ÊTRE SOUVENT ASSIMILÉ AU GÉNIE DU MAL, DINGISWAYO SERAIT CONSIDÉRÉ COMME SON CON-TRAIRE... PARIA COMME SHAKA, IL EUT L'IDÉE LUMINEUSE DE REGROUPER LES EXCLUS ET LES PETITS CLANS DE SON ETHNIE, LES MTHETHWAS... L'UNION FAISANT LA FORCE, IL PUT TENIR TÊTE À SES NOM-BREUX VOISINS ....

ICI, IL N'Y A PAS DE FILS DE ROI, OU DE GRAN-DE ÉPOUSE ROYALE. CHACUN GAGNE SON GRADE PAR SON MÉRITE AU SER-VICE DE TOUS!

YEBO. KHOSI!

LES HOMMES ÉTAIENT ORGANISÉS EN AMABUTHO, CLASSES D'ÂGES,.. CHARGÉES DES TÂCHES DIVERSES DE FAÇON TOUTE MILI-TAIRE.. CHASSE, PROTECTION DES CULTURES ECT..

GENDEYANA A L'AUTORISATION DE SE MARIER... SHAKA IRA RE-JOINDRE L'IKHAN-DA (GARNISON MILITAIRE) DE SON INTANGA IBUTHO*.

YEBO!

YEBO.. KHOSI!!

..KHOSI!

ON DIT QUE SHAKA S'INSPIRA ET DÉTOURNA L'ORGA-NISATION DE DINGISWAYO... POSSIBLE... MAIS LES FERMENTS EXISTAIENT DÉJÀ DANS LA COMMUNAUTÉ DES MTHETHWAS..

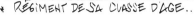
* RÉGIMENT DE SA CLASSE D'ÂGE..

25

RASÉ, MASSÉ, LE CORPS HUILÉ...
IL ÉTAIT PRÊT À SUBIR UN DUR ET
INTENSIF ENTRAÎNEMENT...

ENCORE
DIX
SHAKA!!

IL DEVINT TRÈS
GRAND, TRÈS FORT...
PARTICULIÈREMENT
HABILE ET REDOUTA-
BLE AU COMBAT
CORPS À CORPS !!!

COURSE
D'ENDU-
-RANCE
!!

?!!

HÉ! TOI LÀ! LE ZOULOU! ARRÊTE!..

POURQUOI AS-TU ÔTÉ TES SANDALES?!

JE COURS PLUS VITE SANS, GÉNÉRAL!!

BOUGRE D'ABRUTI!! CE N'EST PAS POUR RIEN QUE TU DOIS PORTER DES SANDALES!! TU COURRAS VITE QUAND TU AURAS LES PIEDS EN SANG?!

TU VOIS DU SANG SUR MES PIEDS, INDUNA?! NON?!.. ET POURTANT J'AI COURU DANS DES ÉPINEUX!!

LÀ N'EST PAS LA QUESTION.. QUAND TU AURAS MARCHÉ PLUSIEURS JOURS LOURDEMENT CHARGÉ...

LA CORNE DE MES PIEDS EST PLUS ÉPAISSE ET DURE À TRANSPERCER QUE LE CUIR DE TES SANDALES QUI ME RALENTISSENT, INDUNA!!

..JE NE VEUX RIEN SAVOIR!! JE T'AI ORDONNÉ DE COURIR AVEC TES CHAUSSURES!! ALORS, TU LE FERAS!!

MAIS SHAKA N'EÛT PAS ÉTÉ SHAKA S'IL SE FÛT CONTENTÉ D'OBÉIR...

ET VOUS AUTRES?! QUE REGARDEZ-VOUS?! REPRENEZ LA COURSE!!

BAH!!? TOUT ÇA NE SERT À RIEN ??

QU'EST-CE QUE TU AS ENCORE SHAKA ?!!

JETER DES JAVELOTS DE TROP LOIN, QUI ARRIVENT SANS FORCE SUR SANS D'IMPO-BOUCHERS INUTILE !?...

IL FAUT PROFITER DE L'HANDICAP DE L'ENNEMI DER-RIÈRE SON BOU-CHER TROP GRAND POUR COURIR À LUI ET LE BATTRE EN COMBAT RAPPROCHÉ !!

QUOI ?!! POUR QUI TE PRENDS-TU ?!. CE N'EST PAS TOI, UN INDISCIPLINÉ QUI VA CHANGER NOS RÈGLES SÉCU-LAIRES !!!

REGAGNE LES RANGS, ET QUE JE NE T'ENTENDE PLUS, SINON JE ME PLAINDRAI À DINGISWAYO !!

NE LE PROVOQUE PLUS SHAKA !! IL EST CAPABLE DE TE FAIRE RENVOYER !!

JE SAIS QUE J'AI RAISON, N'GOBOSI !! IL FAUT QUE LES CHOSES CHANGENT ?!...

SHAKA !! LE ROI TE DEMANDE ?!

VOILÀ !! ÇA N'A PAS TRAÎNÉ !!

IL N'OBÉIT JAMAIS, KHOSI !! IL CONTESTE TOUS MES ORDRES... IL A DES IDÉES SUR TOUT... EXEMPLE : IL VEUT ÔTER SES SANDALES !!

JE T'AVOUE QUE MOI AUSSI, JE PRÉFÈRE MARCHER PIEDS-NUS LE PLUS SOUVENT !...

TU M'AS DEMANDÉ KHOSI ?!..

LAISSE-NOUS BOPHA !

ALORS, IL PARAÎT QUE TU FAIS PARLER DE TOI ?!..

JE NE FAIS QUE PROPOSER DES INNOVATIONS... KHOSI !

N'EN AS-TU PAS FAIT AUTANT EN CRÉANT CETTE COMMUNAUTÉ ?!

HUM !... CE N'EST PAS POUR ÇA QUE JE VEUX TE VOIR

DES TRIBUS ALLIÉES AUX ZOULOUS EMPIÈTENT DE PLUS EN PLUS SUR NOS PÂTURAGES... POUR RÉGLER NOTRE DIFFÉREND, IL NE NOUS RESTE PLUS QUE LA GUERRE !!

JE NE VEUX PAS T'OBLIGER À TE BATTRE CONTRE TON PÈRE ET CEUX DE TA RACE ...TU PEUX RESTER AU CAMP !!!

MON PÈRE EST LÀ ! C'EST L'HOMME QUI FAIT VIVRE MA MÈRE !!

BIEN BIEN, SHAKA !!

EN CE TEMPS-LÀ, LES GUERRES TRIBALES NE RESSEMBLAIENT EN RIEN À NOS GUERRES MODERNES

IL S'AGISSAIT PLUTÔT DE GRANDES KERMESSES AVEC JOUTES QUASI MÉDIÉVALES..

...LES FAMILLES DES GUERRIERS VENAIENT MÊME AVEC LEURS TROUPEAUX... LES COMBATTANTS PARÉS DE LEURS PLUS BEAUX ATOURS, LANÇAIENT FORCE CRIS ET INSULTES, ET QUELQUES SAGAIES..

DANS CHAQUE CAMP, DE VIEUX SAGES COMPTAIENT LES COUPS AU BUT, COMME AUTANT DE POINTS GAGNÉS..

ET DE TEMPS À AUTRE, DES CHAMPIONS EN VENAIENT AU CORPS À CORPS.. TRÈS RARE- MENT CELA DÉGÉNÉRAIT ET UNE MISE À MORT ÉTAIT PLUTÔT RARE ET EXTRA ORDI- NAIRE...

C'EST ÇA QUE VOUS APPELEZ "LA GUERRE" ?! C'EST UNE FARCE ?!

QUOI ?!

JAMAIS NOUS N'IMPOSERONS LA CRAINTE CHEZ L'ENNE- MI EN AGIS- SANT AINSI !!

REGAR- DEZ !!!

GENDE- YANA EST EN DIFFICULTÉ !! ON DIRAIT QU'IL EST BLESSÉ !!

SHAKA ?! RESTE ICI !!

LE ZOULOU HÉSITA DEVANT SON NOUVEL ADVERSAIRE... FIT MINE DE RÉSISTER... MAIS SENTIT SANS DOUTE CHEZ LE FILS DE SON ROI

...L'INSTINCT DE MORT QUI HABITAIT SHAKA...

IL DÉTALA... ET NUL DOUTE QUE SHAKA L'EÛT TUÉ.... SI....

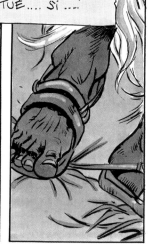

ILS VONT LE TUER ??

HA! HA! HA!

SALETÉ DE SANDALE !

TU ES BLESSÉ BABA ?! ..

OUI ... MAIS, ATTENTION DERRIÈRE-TOI .. SHAKA !!

WAH !

PFFF ! DES PLEUTRES !!

VOILÀ KHOSI ! CE FOU INDISCI- -PLINÉ NOUS A RIDI- -CULISÉS .. ET NOUS A FAIT PERDRE !!

CE N'EST PAS SÛR BOPHA !! IL A FAIT PREUVE DE COURAGE EN ALLANT SECOURIR SON PÈRE ADOPTIF !..

LES SAGES COMPTÈRENT LES POINTS ... L'INTERVEN- -TION DU NOVICE SHAKA NE FÛT GUÈRE SANCTION- -NÉE ... LES ANTAGONISTES, FINALEMENT RESTAIENT SUR UN STATU-QUO ET FIXÈRENT DATE POUR UNE NOUVELLE RENCONTRE ....

SHAKA !! QUELLE IMPRUDENCE !! OOH ... GENDE-YANA !!

GENDEYANA NE SE REMIT JAMAIS DE SA BLESSURE ... IL PÉRIT QUELQUES TEMPS APRÈS, LAISSANT À NOUVEAU SHAKA ET NANDI SANS SOUTIEN ...

MAIS SHAKA N'ÉTAIT PLUS UN ENFANT.. ETSON STATUT AVAIT CHANGER... AINSI, CHEZ SON PÈRE, LE ROI DES ZOU- -LOUS SENZANGAKHONA...

C'EST MON FILS AINÉ !! IL N'A PAS À ME COMBATTRE..!.. JE LE VEUX À MES CÔTÉS, JE SUIS PRÊT À PAYER POUR QU'IL REVIEN- -NE !!

C'EST FOLIE ! JAMAIS IL NE VOUDRA !!

JE LE VEUX !

TU AS TORT... GRAND TORT !!

VA VOIR MON FILS, DEMANDE CE QU'IL VEUT POUR REVENIR !!

YEBO MIN- KHOSI !!

SHAKA! LE ROI VEUT TE VOIR ?!

.. DE MÊME CHEZ DINGIS- -WAYO ...

TU VAS ENFIN CONNAÎ- -TRE LA PUNITION TANT MÉRITÉE POUR TOUS TES MANQUEMENTS!!

À TA DISPOSI- -TION, KHOSI !!

33

TU T'ES FAIT REMARQUER PAR TON INDISCIPLINE, MAIS AUSSI PAR TON COURAGE... SI ON NE PEUT TOLÉRER LA PREMIÈRE... ON PEUT TOUJOURS ÉCOUTER LES INNOVATIONS AUXQUEL-LES TU AS SONGÉ EN HOMMAGE AU SECOND... TÂCHE D'ÊTRE CONVAINCANT !!

LÀ OÙ NOUS NE SOMMES PAS CRÉDIBLES, KHOSI, DANS CES PSEUDO-GUERRES, C'EST QUE NOUS N'INSTIL-LONS PAS LA PEUR CHEZ L'ENNEMI !! L'ISSUE DU COMBAT DOIT TOUJOURS ÊTRE LA MORT !!

NOUS N'Y ARRIVERONS PAS EN LANÇANT DES ASSEGAÏS !! IL FAUT SE RUER SUR L'AD-VERSAIRE AVEC UN BOUCLIER PLUS MANIA-BLE, LE BOUSCU-LER D'UN GRAND COUP !

CRAAC!

..IL FAUDRAIT UNE ASSEGAÏ PLUS COURTE, AVEC UNE LAME PLUS LONGUE ET LARGE !!

..ET, AU LIEU DE LA JETER, S'EN SERVIR COMME D'UN PIEU QUE L'ON PLANTE DANS LE CŒUR OU LE VENTRE DE L'ENNEMI !!

LA MORT DOIT ÊTRE LA SANCTION DE TOUT AFFRONTEMENT AINSI LA PEUR SERA NOTRE PLUS FIDÈLE ALLIÉE !!

MAIS ?!.. C'EST IGNOBLE !! C'EST CONTRE TOUS LES USAGES !!

CE SERAIT LA VOIE OUVERTE AU CRIME !... NOS GUERRIERS SUIVENT LA COUTUME AVEC HONNEUR, VEUX-TU EN FAIRE DES TUEURS !!

...LES TEMPS CHANGENT, BOPHA! À L'INSTAR DE NOTRE COMMUNAUTÉ, D'AUTRES SE REGROUPENT... LES BUTHÉLÉZIS SE SONT ALLIÉS AUX ZOULOUS, AINSI QUE LES ÉLANGÉNIS. DEMAIN, NOUS AURONS PEUT-ÊTRE À COMBATTRE LES NWANDWES QUI SONT MYRIADES AU LEVANT...

LES ÉLANGÉNIS !!

NOUS AURONS BESOIN D'ARMES NOUVELLES LORS DE CES CONFLITS... JE VAIS CONFIER À SHAKA LE SOIN DE FORMER CINQUANTE VOLONTAIRES À SES NOUVELLES MÉTHODES... NOUS UTILISERONS CETTE ESCOUADE EN FONCTION DE L'IMPORTANCE DE LA MENACE ENNEMIE!

PEUH! IL NE TROUVERA JAMAIS CINQUANTE FOUS COMME LUI !!

MERCI KHOSI !!

QUELLE NE FUT PAS LA DÉCONVENUE DE L'INDUNA BOPHA QUAND LES VOLONTAIRES SE PRÉSENTÈRENT À SHAKA...

TU ES LE PREMIER... N'GOBOSI !!

OUI MAIS TOUT L'IZICWÉ, NOTRE RÉGIMENT VEUT TE SUIVRE !!

SHAKA FIT FABRIQUER CINQUANTE BOUCLIERS LÉGÈREMENT PLUS PETITS, PROTÉGEANTS DE L'ÉPAULE AU GENOU...

ENSUITE, IL SE FIT FORGER L'ARME QUI LE RENDIT CÉLÈBRE ...

L'ASSEGAÏ COURTE À LAME EN GRANDE FEUILLE.

ON DIT QUE SON ACIER FÛT TREMPÉ DANS LE SANG... EN TOUS CAS, IL SE PEUT QU'IL L'AIT TESTÉE CAR CYNIQUEMENT IL L'APPELA ....

¡IKLWA!.. C'EST LE BRUIT QU'ELLE PRODUIT QUAND ELLE RENTRE ET RESSORT DES ENTRAILLES DE L'ADVERSAIRE !

LE CORPS À CORPS !! VOUS DEVEZ DÉSTA-BILISER L'ENNEMI ! QU'IL MONTRE UN FLANC DÉCOUVERT !

SI VOUS N'Y ARRIVEZ PAS DU PREMIER COUP VOUS GLISSEZ VOTRE BOUCLIER SOUS LE SIEN ...

..ET VOUS L'ÉCAR-TEZ AFIN DE LE DÉCOUVRIR ..LÀ, L'IKLWA FRAPPE !!

JAMAIS ILS NE S'ATTENDRONT À CETTE FAÇON DE COMBATTRE !!

VOUS ALLEZ VOUS ENTRAÎNER JUSQU'À CETTE PRATIQUE SOIT NATURELLE CHEZ VOUS !

36

IL FAUT QUE VOUS VOUS SERVIEZ AUSSI BIEN DE LA GAUCHE QUE DE LA DROITE!.. QUE VOUS SURPRENIEZ L'ENNEMI

...SANS QUE LUI NE VOUS SURPRENNE JAMAIS!!

USHAKA! DES AMBASSA-DEURS ZOULOUS DU ROI SENZAN-GAKHONA VEULENT TE PARLER?..

CONTINUEZ À VOUS ENTRAINER, VOUS NE SEREZ JAMAIS ASSEZ PRÊTS!!

JE VIENS.

TON PÈRE LE ROI VOUDRAIT QUE TU REVIENNES À SES COTÉS!!

"TIENS?!.. "PÈRE" SE SOUVIENT QU'IL A UN FILS AINÉ?!

MON SOU-A UN

OUI! IL EST INCONVENANT QUE CE FILS LUTTE CONTRE SON PÈRE!!

JE SAIS TROP CE QU'IL ADVIEN-DRAIT DE MOI SI J'AVAIS L'IMPRUDEN-CE DE VOUS SUIVRE!!

TU PERDS TOUTE CHANCE DE DEVENIR PRINCE HÉRITIER!!

C'EST CE QUE L'ON VERRA!!

1805.
QUELQUES TEMPS PLUS TARD, LES MTHETHWAS AFFRONTÈRENT À NOUVEAU LA COALITION LEVÉE CONTRE EUX..

SHAKA EST PRÊT ?!

QU'IL ATTAQUE TOUT DE SUITE !! AUTANT PROFITER DE LA SURPRISE !!

ON VERRA BIEN LE RÉSULTAT !!

SUR LES ÉLANGÉNIS !!....

41

DÉPLOYEZ-
VOUS !!

ILS...
ILS ATTAQUENT
?!

LE MASSACRE AVAIT ÉTÉ SI SOUDAIN, SI TOTAL, SI DÉNUÉ DE LA MOIN-DRE PITIÉ, QU'UNE PANIQUE FOLLE S'EMPARA DE LA COALITION ADVERSE !...

TA TACTIQUE VIENT DE FAIRE SES PREUVES !! TU ES NO-TRE ARME MAIN-TENANT, SHAKA !!

KHOSI ! LES ÉLANGÉNIS SONT DÉCIMÉS !! LAISSE-MOI PRENDRE LEUR CAMP... CE SERAIT MA REVANCHE SUR CE QU'ILS M'ONT FAIT SUBIR DANS MA JEUNESSE !

VA ! AMUSE-TOI, SHAKA !!

SHAKA ET SON COMMANDO DE L'ISICWÉ SE PRÉCIPITÈRENT SI VITE SUR LE TERRITOIRE DES ÉLANGÉNIS QU'ILS SUBJUGUÈRENT BON NOMBRE D'ENTRE EUX DANS LEUR FUITE ÉPERDUE... PUIS...

PRENEZ LEUR UMUZI (VILLAGE) !!! TUEZ CEUX QUI RÉSISTENT !!! JE VEUX VIVANTS LES NOMMÉS DZOGO ET SON PÈRE PEPHA !!!

NE LES LAISSEZ PAS FUIR !! ENCERCLEZ-LES !! LEURS PIÈTRES PALISSADES NE LES PROTÉGERONT PAS LONG-TEMPS !!

NOUS AVONS DÉJÀ TROUVÉ CELUI-LÀ, LEUR ROI!

BAVETE SHAKA! CROIS-TU QU'EN NOUS DÉTRUISANT, TU RE-TROUVERAS UNE ENFANCE HEU-REUSE?!

TU AS ÉTÉ UN ROI FAIBLE, MAKÉDAMA, MAIS PAS UN MAUVAIS HOMME!.. EN SOUVENIR DE MON GRAND-PÈRE BEHBMÉ, JE TE LAISSE LA VIE, MAIS TON PEUPLE N'EXISTE PLUS! IL SE FOND DÉSORMAIS À LA COMMUNAUTÉ!!

VOILÀ CEUX QUE TU CHERCHAIS!!

PITIÉ SHAKA!!

TIENS?! TU NE M'APPELLES PLUS "PETITE BITE D'ZOGO"?!

AAAH!

AVEZ-VOUS EU PITIÉ DE MA GRAND-MÈRE EN DÉTRUISANT SES RÉCOLTES, EN VOLANT SES TROUPEAUX, EN LA CONDAMNANT À MOURIR DE SOIF ET D'ÉPUISEMENT DANS LE DÉSERT?!

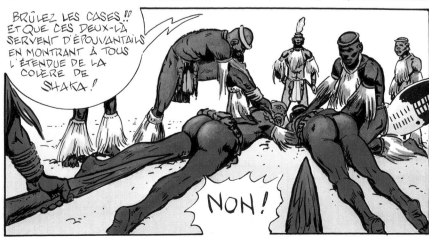

BRÛLEZ LES CASES!! ET QUE CES DEUX-LÀ SERVENT D'ÉPOUVANTAILS EN MONTRANT À TOUS L'ÉTENDUE DE LA COLÈRE DE SHAKA!

NON!

45

46

© **SOLEIL PRODUCTIONS / RAMAIOLI**
Album **SOLEIL PRODUCTIONS**
9, boulevard de Strasbourg - 83000 TOULON
Téléphone : 94 09 08 28 - Télécopie : 94 62 30 21
Dépôt légal juin 1995 - ISBN 2 - 87764 - 273 - 9
Tous droits de traduction & d'adaptation strictement réservés pour tous pays.

Conception graphique
Laurent ARNAUD pour SOLEIL PRODUCTIONS

Photogravure : **Offset-Méditerranée - Golfe-Juan**

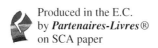

Produced in the E.C.
by *Partenaires-Livres*®
on SCA paper